Ingrid Uebe · Silke Voigt

Ein Vampir auf Reisen

Ingrid Uebe

Ein Vampir auf Reisen

Mit Bildern von

Silke Voigt

Ravensburger Buchverlag

Die Schreibweise entspricht den Regeln der neuen Rechtschreibung.

4 3 2 01 02

Ravensburger Blauer Rabe

Umschlagbild: Silke Voigt
Redaktion: Denise Vöhringer
Printed in Germany
ISBN-3-473-34153-3

www.ravensburger.de/buchverlag

1.

Dies ist eine Vampirgeschichte. Und eine Feriengeschichte. Wer Vampire aufregend und Ferien wunderbar findet, wird sie bestimmt mögen. Und umgekehrt! Ich meine, wer Ferien aufregend und Vampire wunderbar findet, mag die Geschichte todsicher auch.
Es handelt sich übrigens um eine ganz und gar wahre Geschichte. Das schwöre ich euch. Ich habe sie selbst erlebt. Ehrlich – ich gebe nicht an! Ich bin dieses Jahr mit einem echten Vampir in Urlaub gefahren. Nein, nicht allein, sondern mit meiner ganzen Familie. Nach Italien, in ein Ferienhaus direkt am Meer. Es waren

die spannendsten Ferien, die ich jemals erlebt habe. Die verrücktesten auch. Und obendrein die gefährlichsten. Ahnt ihr den Grund? Na klar, der Grund war unser Vampir!

Nirgendwo ist der Vollmond so groß und so rund wie in Italien. Nirgendwo spiegelt er sich so silberglänzend im Meer. Als Brosi ihn das erste Mal sah, war er kaum noch zu halten. Und dann fielen ihm jede Nacht Sachen ein, die er schon beinahe vergessen hatte.

Richtig, Brosi ist unser Vampir! Eigentlich heißt er Ambrosius. Aber nur Papa nennt ihn noch so. Mama ruft ihn meist Bröselchen. Wir Kinder – das sind meine Schwestern Nina und Tina und ich – haben von Anfang an Brosi gesagt. Ich bin die Älteste, Hanna, neun Jahre. Nina und Tina sind sieben. Ja, alle beide. Weil

sie Zwillinge sind. Ist doch klar. Brosi ist … Ja, da werdet ihr staunen! Brosi ist schon wahnsinnig alt. Als wir ihn letztes Jahr kennen lernten, war er tatsächlich bereits zweihundertfünfunddreißig, obwohl er nicht älter aussah als acht.
Wie und wo wir ihn kennen lernten? Wenn ihr das noch nicht wisst, muss ich es euch natürlich erzählen. Also, wir fanden Brosi beim Spazierengehen im Wald. An so einem ekelhaft nasskalten Herbsttag, als es von morgens bis abends nicht richtig

hell werden wollte. Da lag Brosi schlafend unter einem triefenden Baum und wir nahmen ihn mit nach Hause, damit er sich keine Lungenentzündung holte.
Nina, Tina und ich hatten schnell raus, was mit ihm los war. Wegen der Zähne und überhaupt. Aber es störte uns nicht. Mit Brosi hatten wir keinen Augenblick Langeweile. Das wussten wir sehr zu schätzen. Er zeigte uns alles, was Vampire so können. Aber er versuchte nicht ein einziges Mal einen von uns zu beißen. Er war der ganzen Familie sehr dankbar. Und er fühlte sich schon am ersten Abend bei uns ganz wie zu Hause.
Nachdem unsere Eltern Brosi durchschaut hatten, waren sie von ihm nicht ganz so begeistert wie wir. Sie machten sogar ein ziemliches Theater. Aber sie mussten einsehen, dass wir ihn

inzwischen sehr gern hatten. Und ihnen selbst tat er Leid, weil er kein Zuhause mehr hatte. Nach einigem Hin und Her durfte er also bleiben. Er wurde sogar adoptiert und heißt jetzt Bredfeld wie wir. Seit Ostern geht Brosi sogar mit uns in die Schule. In dieselbe Klasse wie ich. In die 3a zu Frau Rosenbrück. Ja klar, von morgens bis mittags. Von abends bis Mitternacht wäre ihm lieber. Aber so eine Schule gibt es ja nicht.

Natürlich haben wir uns anfangs deswegen große Sorgen gemacht. Weil das Tageslicht einem Vampir ja nicht bekommt. Von Sonnenschein ganz zu schweigen. Aber Papa hat das Problem dann gelöst. Papa ist nämlich Kinderarzt und hat in seiner Praxis ganz neuartige Tabletten erfunden. Mit denen kann Brosi jede Art Tageslicht aushalten.
Jetzt geht er also mit mir in die 3a. Ach, Quatsch – eigentlich sind wir ja schon in der 4a! Nämlich dann, wenn die Ferien vorbei sind. Das dauert zum Glück allerdings noch mehr als zwei Wochen. Ich persönlich hätte die 4a übrigens fast nicht erlebt. Und den Rest der Ferien leider auch nicht. Also, das hätte mich natürlich tierisch geärgert. Ich meine, vielleicht ist der eine oder andere ganz froh, wenn er den Anfang des neuen

Schuljahrs nicht mitkriegt. Aber bestimmt verzichtet keiner gern auf die zweite Hälfte der Ferien. Vor allem, wenn die erste Hälfte so toll war. Jedenfalls bis zu dem Moment, als es mir fast an den Kragen gegangen wäre.
Bis dahin hatten wir eine Menge Spaß und herrliches Wetter, mittags Spaghetti und abends Pizza und keinen Augenblick Langeweile, vom Aufstehen bis zum Schlafengehen. Und vom Schlafengehen bis zum Aufstehen meist auch nicht! Das könnt ihr euch denken.
Gefährlich wurde es erst an dem Abend, als wir Kinder mit zu diesem Konzert durften. Und in den Stunden danach! Als nämlich eine bleiche Tante mitten in der Nacht auf meiner Bettkante saß und sich über mich beugte. Als sie mich aus ihren schwarz umränderten Augen so liebevoll

ansah und dabei ihre Lippen zu einem absolut scheußlichen Lächeln verzog. Schon wenn Brosi lächelt, läuft mir jedes Mal ein kleiner Schauder über den Rücken. Das gebe ich ehrlich zu. Aber bei diesem Lächeln kriegte ich direkt Schüttelfrost. Ich konnte richtig fühlen, wie die Matratze unter mir bebte.

Natürlich wollt ihr jetzt wissen, wer die bleiche Tante auf meiner Bettkante war. Und wie sie es geschafft hatte, um diese Zeit in mein Zimmer zu kommen. Keine Angst! Ich werde euch bestimmt die ganze Geschichte erzählen. Aber schön der Reihe nach, wie sich das fürs Geschichtenerzählen gehört.
Na ja, wenn ihr es gar nicht abwarten könnt, dann verrate ich euch jetzt schon mal, wer die Tante war. Sie hieß Filomena Popobello und war eine ziemlich berühmte Sängerin, nicht nur in ihrer italienischen Heimat, sondern überall auf der Welt. Wir hatten sie mal im Fernsehen erlebt und waren ganz begeistert gewesen. Vor allem Brosi. Der hatte noch

lange danach von ihr geschwärmt. Nicht nur von ihrer tollen Stimme, sondern auch von ihrem schönen Kleid mit dem großen Ausschnitt.
Am Abend, ehe wir in Urlaub fuhren, hatte Filomena Popobello dann in unserer Stadt ein Konzert gegeben. Aber wir waren leider nicht hingegangen. Papa waren die Eintrittskarten zu teuer gewesen. Und Mama hatte gemeint, es würde sowieso viel zu spät werden.
Brosi war sehr enttäuscht gewesen. Er hatte beim Abendbrot kaum etwas gegessen und war dann früher als sonst im Keller verschwunden. Er schläft da

unten in einem alten Bett, das wir von unserer Oma geerbt haben. Ich bin sicher, dass er auch heute noch lieber in einem Sarg schlafen würde. Aber in dieser Beziehung lassen Papa und Mama nicht mit sich reden.
Beim Gute-Nacht-Sagen hatte Brosi dann trotz aller Enttäuschung gelächelt. Das war mir gleich ziemlich seltsam vorgekommen. Aber Mama hatte gemeint, er freue sich bestimmt schon auf die lustigen Tage am Strand. Und ich hatte ihr das nur zu gern geglaubt.

In Wirklichkeit hatte sich Brosi auf etwas ganz anderes gefreut. Heute weiß ich das. Oder ich vermute es doch. Wahrscheinlich war Brosi in dieser Nacht … Also, wir haben nie darüber gesprochen. Auch in Italien nicht. Auch nicht, nachdem sich Filomena Popobello auf meine Bettkante gesetzt hatte.
Nein, Schluss! Das geht jetzt zu weit. Ich muss euch diese Wahnsinnsgeschichte wirklich der Reihe nach erzählen. Sie beginnt an dem Morgen, ehe wir losfuhren.

2.

Natürlich hatte ich nachts ziemlich schlecht geschlafen. Ihr kennt das sicher. In der Nacht, ehe man verreist, ist man schließlich fast so aufgeregt wie in der Nacht vor seinem Geburtstag. Oder vor Weihnachten. Das kommt, weil man es kaum noch abwarten kann.
Nina und Tina ging es nicht anders. Kaum war es ein bisschen hell, da kamen sie in mein Zimmer und krochen zu mir ins Bett. Ehrlich, wir gaben uns alle drei Mühe noch mal einzuschlafen. Aber wir schafften es einfach nicht. Wir alberten herum, bis wir unsere Eltern aufstehen hörten. In der Küche spielte das Radio und Mama klapperte mit Tellern und Tassen. Bald darauf fuhr Papa das Auto aus der Garage. Wahrscheinlich verstaute

er schon mal das große Gepäck.
Wir waren froh, als Mama uns endlich zum Frühstück rief. Dabei hatten wir vor lauter Aufregung gar keinen Hunger. Außerdem gab es bloß Reste. Wir mussten alles aufessen, was noch im Kühlschrank war. Und das waren genau die Sachen, die wir nicht mochten. Nur Mama und Papa waren schon angezogen. Nina, Tina und ich saßen im Nachthemd am Tisch. Duschen sollten wir später.
„Bröselchen schläft noch", sagte Mama. „Eine von euch muss ihn wecken!"
Da flitzte ich gleich in den Keller. Ich war froh, dass ich meinem gammeligen Bananenmüsli auf diese Weise entkam. Brosi lag tatsächlich noch in seinem alten Oma-Bett und schniefte sanft vor sich hin. Ich dachte, dass er sehr glücklich aussah. Irgendwie satt und zufrieden. Aber

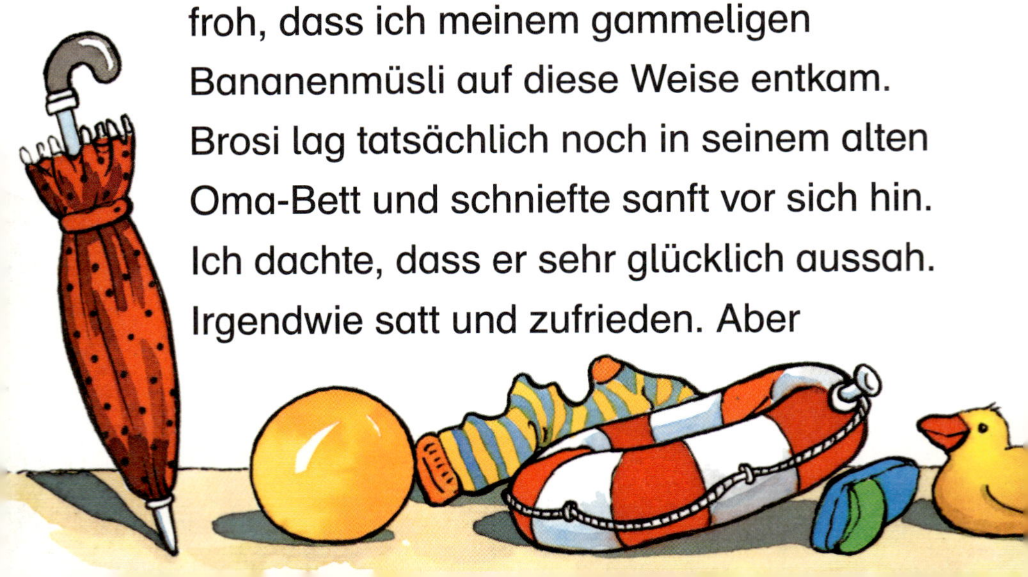

eigentlich wollte ich so einen Gedanken gar nicht denken. Also redete ich mir ein, dass Brosi gerade von Italien träumte und deshalb dieses zufriedene Lächeln in seinem Gesicht hatte.
Ihr wisst ja, wie es mir geht, wenn Brosi lächelt. Als ich an diesem Morgen unten im Keller an seinem Bett stand, sah ich nicht mehr als die Spitzen seiner schneeweißen Zähne. Sie hatten sich in die Unterlippe gebohrt und diese Unterlippe sah etwas feucht aus. Außerdem ziemlich rot. Jedenfalls feuchter und röter als sonst. Aber vielleicht bildete ich mir das ja auch nur ein.
Ich beugte mich über Brosi und fand, dass seine Wangen ebenfalls längst nicht so blass waren wie am Abend zuvor. Mama wäre vermutlich ganz glücklich gewesen,

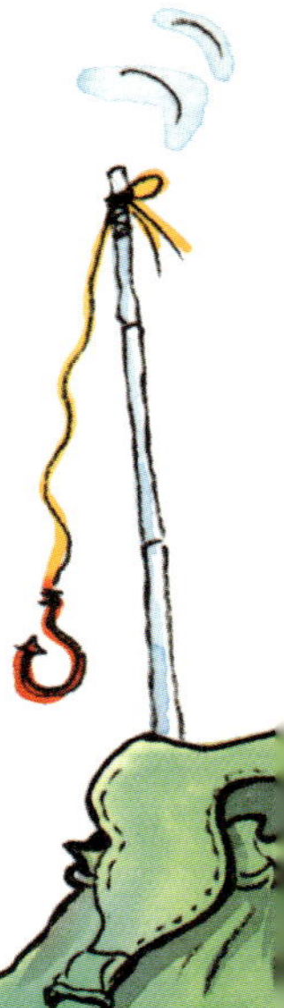
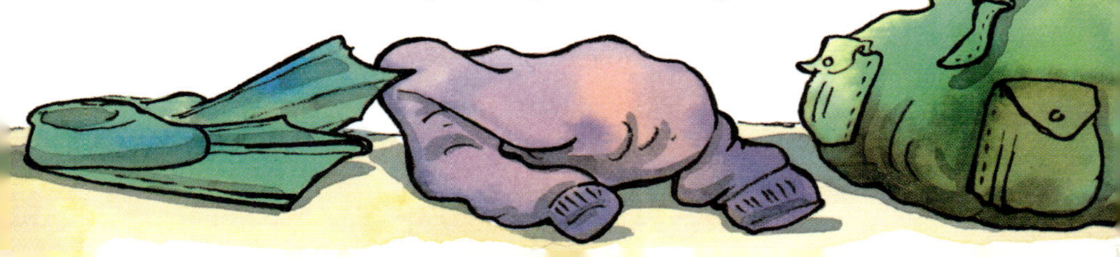

ihr Bröselchen so zufrieden und rosig in seinen Kissen zu sehen.
Aber ich?
Ehrlich gesagt wollte ich mir auch darüber lieber keine weiteren Gedanken machen! Ich wollte nur noch ins Auto steigen und nach Italien fahren! Ich wollte Sonne und Strand, Spaß und Spaghetti! Ich wollte mit meiner ganzen Familie reisen. Und nichts, aber auch wirklich gar nichts sollte uns aufhalten.
Ich atmete einmal tief durch und zog Brosi die Bettdecke weg. Er schniefte ruhig weiter. Darauf rüttelte ich ihn an den Schultern. Auch das weckte ihn nicht auf. Erst als ich ihm die Nase zuhielt, öffnete er mit einem Seufzer den Mund und gleich darauf auch die Augen. Sein Blick kam wie aus einer anderen Welt.
Sekundenlang schien er gar nicht zu

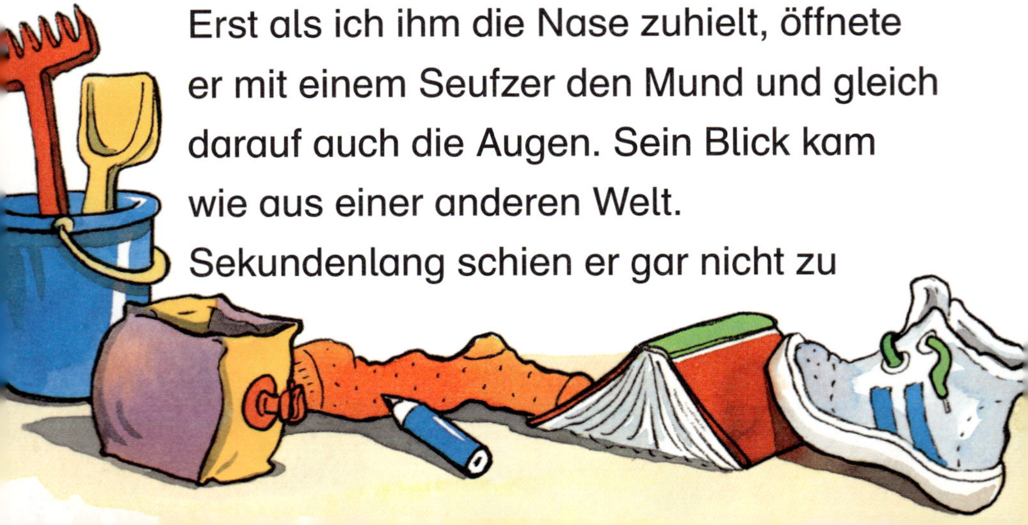

wissen, wo er überhaupt war. Und mich guckte er an, als hätte er mich noch nie gesehen.
„He, Schlafmütze!“, sagte ich ärgerlich. „Steh endlich auf! Wir wollen gleich los. Nach Italien. Ferien machen. Weißt du nicht mehr?“
„Ah, Hanna“, murmelte Brosi, „schön, dass du da bist! – Klar, nach Italien. In unser Ferienhaus.“
„Wenn du hin willst, beeil dich!“, sagte ich. „Alle warten schon mit dem Frühstück.“
Brosi verzog angeekelt den Mund. „Jetzt bloß kein Frühstück!“, knurrte er und zog sich die Decke über den Kopf.
„Komm schon!“, sagte ich. „Irgendwas musst du essen. Mama besteht darauf. Es gibt allerdings bloß Müsli und eine matschige Banane.“
Unter der Bettdecke stöhnte es dumpf.

Dann tauchte an der einen Seite Brosis Gesicht auf. „Ich bin satt“, behauptete er. „Ehrlich. Satt bis an die Ohren!“ Es war merkwürdig, aber er sah wirklich so aus. Ich nahm seine Hand und zog ihn mit einem Ruck aus dem Bett. „Das kannst du Mama und Papa erzählen. Jedenfalls stehst du jetzt auf.“

Brosi knurrte wieder, aber er leistete keinen Widerstand, als ich ihn hinter mir her die Treppe hinauf und in die Küche zerrte.

„Da kommt ja auch der junge Herr Ambrosius“, sagte Papa. „Ich dachte schon, wir müssten ohne ihn nach Italien reisen.“

Das sollte ein Scherz sein, aber Brosi schüttelte mit ernster Miene den Kopf und sagte, dass er unbedingt mit wollte. Mama hatte ihm natürlich ein Butterbrot und den

letzten Zipfel Blutwurst auf seinen Teller gelegt. Das mag er eigentlich gern. Doch diesmal kaute er lange und lustlos darauf herum. Ich löffelte mit Todesverachtung mein Müsli. Die anderen waren schon

fertig und guckten uns zu. Wir wussten beide, dass wir nicht aufstehen durften, ehe wir alles verputzt hatten. Also brachten wir es irgendwie hinter uns. Abgesehen von unserem Kauen und Schlucken war es ziemlich still in der Küche. Nur das Radio spielte. Zuerst kam Musik und dann kamen Nachrichten. Nachrichten aus unserer Stadt. Ich hörte nur mit einem Ohr zu, weil wir ja doch bald in Italien sein würden. Aber dann sagte der Sprecher etwas, das mich aufhorchen ließ. Ich habe es noch heute im Kopf und werde es wohl niemals vergessen.
Mit seiner trockenen Nachrichtenstimme sagte der Sprecher: „Die italienische Sängerin Filomena Popobello, die gestern in der ausverkauften Stadthalle vor begeistertem Publikum ein mehr als

zweistündiges Konzert gab, wurde in den frühen Morgenstunden von ihrem Hotel aus mit dem Rettungswagen ins Krankenhaus gebracht. Über die Ursache ist nichts bekannt. Die Ärzte hüllen sich bis jetzt in Schweigen. Aus Kreisen des Klinikpersonals war jedoch zu erfahren, dass sich der Zustand der Sängerin auch nach mehreren Blutübertragungen nicht wesentlich gebessert hat."

Brosi hustete. Er hatte anscheinend das letzte Stück Blutwurst in die falsche Kehle gekriegt. Auch ich war dabei mich zu verschlucken. Jedenfalls steckte mir etwas im Hals, das ich nicht runterkriegte. Ich glaubte nicht, dass es Müsli war.

„Was sagt ihr dazu?", fragte Mama. „Die arme Filomena Popobello! Mehrere Blutübertragungen hat sie bekommen. Warum wohl?"

„Hört sich nach starkem Blutverlust an“, meinte Papa. „Vermutlich hat sie einen Unfall gehabt.“
Mama schüttelte den Kopf. „In den frühen Morgenstunden? In ihrem Hotel?“
„Vielleicht ist sie aus dem Fenster gefallen“, sagte Brosi. „Man hört immer wieder, dass die Leute in ihren Hotels reihenweise aus dem Fenster fallen.“
Nina und Tina lachten. Sie versuchten es jedenfalls.
„Schscht!“, machte Mama und deutete mit dem Kopf auf das Radio.

„Alle weiteren Konzerte mussten abgesagt werden“, erklärte der Nachrichtensprecher. „Die Agentin der Sängerin gab bekannt, dass Filomena Popobello nach Italien zurückkehren wird, sobald ihr Befinden es erlaubt.“
Brosi schob seinen leeren Teller zurück. „Nach Italien“, wiederholte er nachdenklich. „Sie fährt nach Italien.“
„Klar“, sagte Papa. „Dort ist sie schließlich zu Hause!“
Brosi lächelte. „Wir fahren auch nach Italien.“

„Ja.“ Papa nickte. „Und wenn ihr auf mich hört, fahren wir bald. Wer von euch geht zuerst unter die Dusche?“

Brosi fuhr mit seinen Fingernägeln in Schlangenlinien über die Tischdecke. Es machte ein kratzendes Geräusch.

„Vielleicht treffen wir sie da“, sagte er, mehr zu sich selbst.

„Filomena Popobello?“, fragte Mama.

Brosi nickte.

Mama zuckte die Achseln. „Ach, weißt du, Italien ist groß.“

„Ein Glück!“, sagte ich und schluckte endlich den letzten Rest Müsli herunter. Dabei sah ich Brosi fest und ernst in die Augen. Er senkte den Blick. Wir hatten uns ohne Worte verstanden.

3.

Zwei Stunden später waren wir unterwegs. Papa saß am Steuer. Mama saß neben ihm. Wir Kinder saßen hinten. Das heißt – Brosi lag. Er war anscheinend immer noch müde. Vielleicht auch schon wieder. Er schlief nicht richtig, aber er gähnte dauernd und konnte die Augen kaum offen halten.
„Bröselchen", sagte Mama mit einem besorgten Blick nach hinten, „was hast du bloß angestellt heute Nacht?"
„Ähem", machte Papa, „ich finde, das sollte der Junge lieber für sich behalten. Ich habe nämlich sehr gute Laune – Ferienlaune. Und die möchte ich mir auf gar keinen Fall verderben lassen."
Ich fand, dass Papa Recht hatte. Mir ging es schließlich nicht anders. Anfangs hatte

ich noch ein paar Mal daran gedacht, dass Filomena Popobello jetzt bleich und schwach in ihrem Krankenhausbett lag. Doch je weiter unser Haus, unsere Straße und unsere Stadt zurückblieben, umso freier wurde mein Kopf, umso leichter wurde mein Herz. Die Familie Bredfeld saß in ihrem großen, bequemen Auto und freute sich auf Italien. Und sie sprach das auch aus.

„Ich freue mich auf das Meer“, sagte ich.
„Ich freue mich auf den Sand“, sagte Nina.
„Ich freue mich auf das Eis“, sagte Tina.
„Ich freue mich auf die Luftmatratze“, sagte Papa.
„Ich freue mich auf die Sonne“, sagte Mama.
„Und ich freue mich auf den Mond“, murmelte Brosi. Sein Gemurmel war wirklich sehr leise.

Aber wir verstanden es trotzdem.
Gleich darauf begann Papa mit kräftiger Stimme zu singen:
„Wir fahren in die Welt hinaus,
die Sorgen lassen wir zu Haus.
Der blaue Tag ist unser Freund,
wir freu'n uns, dass die Sonne scheint.
Das Reisen macht uns frohen Mut,
schenkt klaren Blick und frisches Blut."
Alle sangen mit. Nur Brosi schwieg. Allerdings hörte er aufmerksam zu. Als wir fertig waren, sagte er: „Stimmt das, was ihr da gesungen habt? Ich meine das mit dem Reisen."
„Na klar!", antwortete Papa und sang den Schluss gleich noch mal:
„Das Reisen macht uns frohen Mut,
schenkt klaren Blick und frisches Blut."
Brosi richtete sich auf. Plötzlich war er ganz munter. „Dieses Reisen gefällt mir!",

sagte er strahlend. „Wann kommt denn das frische Blut?"
Nina, Tina und ich mussten lachen. Papa lachte mit. Das sah ich sogar von hinten. Aber ich sah auch, dass er ganz froh war, als Mama nun eine Runde Kaugummi spendierte.
Brosi spuckte seinen allerdings gleich wieder aus: „Pfui Teufel, immer bloß Pfefferminz!", knurrte er. „Kann denn nicht mal jemand was anderes erfinden?"
Danach schlief er endgültig ein. Nina, Tina und ich machten es ihm nach – weil wir jetzt auf der Autobahn waren und weil wir es da ziemlich langweilig fanden und weil wir sowieso in der Nacht viel zu wenig geschlafen hatten.
Mittags beim Picknick schliefen dann Mama und Papa. Wir Kinder rannten überall rum, zuerst am Bach entlang und

dann bis in den Wald. Und weil wir uns da ein bisschen verliefen, mussten Papa und Mama uns suchen und wir konnten erst viel zu spät weiterfahren.
Abends kamen wir dann in die Schweiz. Das heißt – eigentlich war es schon beinahe Nacht. Am sternklaren Himmel stand ein sehr dünner Sichelmond. Doch der gab so gut wie kein Licht. Wir konnten von der Schweiz nicht mehr allzu viel sehen und besonders Mama fand das sehr schade. Sie hatte sich nämlich so auf die hohen Berge gefreut.
Papa war wahnsinnig müde und hielt

Ausschau nach einem Hotel, wo wir übernachten konnten. Leider fanden wir keins. Die Gegend wurde immer dunkler und einsamer, die Straße immer steiler und enger. Es gab keine Leute und keine Laternen. Und Papa sagte, das käme alles nur daher, dass wir nach dem Picknick viel zu spät losgefahren wären.
Endlich waren wir ganz oben auf einem Berg und Papa hielt an. Er knurrte, dass er keinesfalls auf der anderen Seite wieder runterfahren würde und dass wir jetzt eben im Auto übernachten müssten.
Wir waren alle ganz still. Nur Brosi sagte: „Ich sehe was, was du nicht siehst."
„Dieses blöde Spiel hat mir gerade noch gefehlt", knurrte Papa.
Brosi kicherte. „Es ist kein Spiel! Ich sehe wirklich was, was du nicht siehst. Ein Hotel nämlich."

„Und wo?“, fragte Papa.
„Guck mal nach rechts!“, sagte Brosi.
Wir taten es alle. Tatsächlich stand rechts in einiger Entfernung ein düsteres zweistöckiges Haus mit flachem Dach und zwei erleuchteten Fenstern.
Mama kurbelte ihre Scheibe herunter.
„Wer weiß, wer da wohnt“, sagte sie zweifelnd. „Wie ein Hotel sieht es eigentlich nicht aus.“
„Steht aber dran“, behauptete Brosi. „Über der Tür. Ich kann's problemlos lesen. Meine Augen sind schließlich genauso scharf wie meine Zähne.“
„Na dann – nichts wie hin!“ Plötzlich war Papas gute Ferienlaune wieder da.

„Ambrosius, mein Junge, du bist wirklich ein Glücksfall von einem Vampir!"
Was soll ich euch viel erzählen – wir bekamen tatsächlich zwei Zimmer, eins für Mama und Papa, eins für uns Kinder. Die Zimmer waren nicht besonders schön und sie rochen auch etwas muffig. Aber Papa sagte, wir sollten ganz einfach die Fenster aufmachen und die gute Schweizer Bergluft hereinlassen.
Ehe wir uns schlafen legten, gingen wir aber noch in die Gaststube und bestellten etwas zu essen. Es gab Käsesuppe und Käsebrot und Käsekartoffeln und Käsekuchen. Und es schmeckte wirklich sehr gut.

Nur Brosi rümpfte die Nase. „Alles Käse!“, sagte er ziemlich sauer. Das stimmte zwar, aber so ist das nun mal in der Schweiz.
In der Gaststube war es eng und gemütlich. Unter der Decke hing ein Kronleuchter mit echten Kerzen. Der Wirt war alt und dick, die Kellnerin jung und dünn. Aber beide waren sehr nett. Am Nebentisch saßen noch drei andere Reisende, wahrscheinlich Vater, Mutter und Sohn. Sie hatten schon da gesessen, als wir hereingekommen waren, und sie hatten uns aufmerksam entgegengeguckt. Ich fand, dass sie sonderbar aussahen. Vielleicht wegen ihrer altmodischen Kleider. Mir war so, als hätte ich sie schon mal im Kino gesehen. Oder im Fernsehen. Aber ich wusste nicht mehr in welchem Film.

Weil die Tische so dicht nebeneinander standen, versuchte Papa es mit einem Gespräch. Doch die Antworten fielen sehr einsilbig aus. Und ich war sowieso viel zu müde um richtig zuzuhören. Ich kriegte nur mit, dass die drei nach Rumänien wollten. In die Karpaten. Und dass sie über Nacht im Hotel blieben. Wie wir. Brosi schob bald seinen Teller zurück und zog um an den Nebentisch. Darüber war ich ziemlich erstaunt. Es hatte ihn nämlich niemand dazu aufgefordert und ich fand auch nicht, dass die Leute sehr einladend

aussahen. Der, den ich für den Sohn hielt und der fast schon ein junger Mann war, lächelte allerdings, als sich Brosi neben ihn setzte. Und wieder kam er mir seltsam bekannt vor.
Dieses Gefühl ging allerdings schnell vorbei. Ich gähnte und sah, dass Nina und Tina schon schliefen. Am liebsten hätte ich meinen Kopf auch auf die Tischplatte gelegt. Aber ich mampfte brav meinen Käsekuchen und döste so vor mich hin. Brosi schien es am Nebentisch gut zu

gefallen. Wahrscheinlich, weil dort nicht gegessen, sondern nur getrunken wurde. Brosi bekam auch ein Glas Saft. Danach steckten er und der große Junge die Köpfe zusammen. Sie hatten sich seltsamerweise viel zu erzählen. Sie redeten und lachten und machten kaum eine Pause. Aber verstehen konnte ich nichts. Ihre Stimmen waren nur ein sanftes Gemurmel, das mich noch müder machte.

Irgendwann stiegen wir dann in unsere Zimmer hinauf. Mama trug Nina, und Papa trug Tina. Ich taumelte hinterher. Nur Brosi erhob lauten Protest. Er wollte unbedingt noch in der Gaststube bleiben und sich mit seinem neuen Freund unterhalten. Natürlich durfte er nicht. Papa pfiff kurz durch die Zähne und deutete mit dem Kopf die Treppe hinauf. Da schlich Brosi an ihm

vorbei. Er war blass vor Wut, aber er sagte keinen einzigen Ton. Wenn Papa durch die Zähne pfeift, ist wirklich nichts mehr zu machen.
Ich habe keine Ahnung, wie wir ins Bett kamen. Jedenfalls hatten wir Etagenbetten. Nina und Tina schliefen unten. Brosi und ich schliefen oben. Ich kroch sofort unter die Decke und sagte nicht mal mehr Gute Nacht. Ich fiel gleich in den Schlaf wie in ein tiefes Loch.
Wie lange ich mich in diesem Loch aufgehalten habe, kann ich nicht sagen. Ich erinnere mich nur, dass ich plötzlich aufrecht im Bett saß und nicht wusste, was mich geweckt hatte. Es war vollkommen still, drinnen und draußen. Das Fenster stand ein bisschen offen und die dünne Mondsichel schaute freundlich ins Zimmer. Die Luft, die hereinkam, war

kühl und frisch und genauso wunderbar, wie Papa gesagt hatte.
Ich zog die Decke eng um mich herum und blieb bewegungslos sitzen. Ich fühlte mich super. Jedenfalls so lange, bis draußen ein dunkler Schatten am Fenster vorbeiflog. Dann noch einer. Und noch einer. Und schließlich ein vierter und letzter. Eine Sekunde lang dachte ich, dass die Schatten vielleicht hereinkommen würden. Aber das taten sie nicht. Nur die von einem Luftzug bewegten weißen Gardinen wehten wie Geisterarme ins Zimmer. Als sie wieder gerade herunterhingen, kletterte ich aus dem Bett und schlich ans Fenster. Ich sah nichts Besonderes, nur unten die dunkle Erde und oben den sternklaren Himmel. Gerade wollte ich aufatmen, da entdeckte ich sie über den Tannenspitzen. Vier

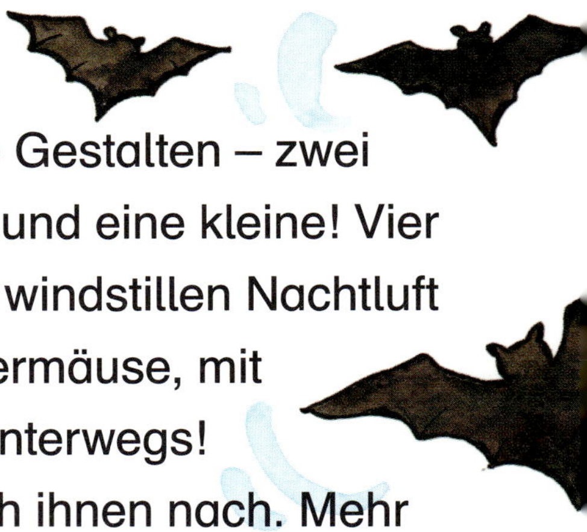

geflügelte schwarze Gestalten – zwei große, eine mittlere und eine kleine! Vier Flattertiere, von der windstillen Nachtluft getragen! Vier Fledermäuse, mit unbekanntem Ziel unterwegs!
Ich stand da und sah ihnen nach. Mehr konnte ich schließlich nicht tun. Als sie verschwunden waren, kletterte ich zurück in mein Bett. Und dann kletterte ich gleich wieder raus. Ich holte die Taschenlampe aus meinem Rucksack und leuchtete in das Bett nebenan. Eine Überraschung erlebte ich nicht. Natürlich war Brosi nicht drin.

4.

Am nächsten Morgen kriegten wir Brosi auch mit vereinten Kräften nicht wach. Schließlich gingen wir ohne ihn in die Gaststube und bestellten das Frühstück. Es gab wieder ziemlich viel Käse, aber auch Eier und Honig und Marmelade. Übrigens waren wir die einzigen Gäste. Der Nebentisch blieb diesmal leer. Als wir fertig waren, hatte sich Brosi immer noch nicht gerührt. Mama zog ihm die Decke weg und Papa pfiff durch die Zähne. Nina, Tina und ich machten so viel Krach, wie wir konnten. Aber alles weckte Brosi nicht auf.

„Hoffentlich fehlt ihm nichts!“, sagte Mama. Doch dann gab sie zu, dass Brosi so frisch und rosig aussah wie selten. Und es tat ihr fast Leid, dass wir die gesunde

Schweizer Bergluft schon wieder verlassen mussten.
Mir tat es weniger Leid. Ich drängte zum Aufbruch. Papa nickte und schleppte den schlafenden Brosi ins Auto. Vorher gab er ihm allerdings noch seine Tabletten. Papa kann so was, sogar wenn einer schläft. Bald darauf fuhren wir los.
Während des zweiten Teils unserer Reise passierte nicht viel. Das lag einerseits daran, dass Brosi schlief. Andererseits daran, dass wir so gut wie keine Pause machten. Wir fuhren und fuhren. Mittags wurde es ziemlich heiß und nachmittags hatten wir keine Lust mehr. Aber da waren wir dann zum Glück in Italien.
Von der Grenze an spielten wir: „Wer sieht als Erster das Meer?“ Und Papa hatte gesagt, er würde dem Sieger ein Eis spendieren. Ich sah das Meer eindeutig

zuerst. Aber Papa kaufte dann an einer Raststätte für alle ein Eis. Auch für Brosi, obwohl der das Meer bestimmt als Allerletzter gesehen hatte. Außerdem mag er Eis gar nicht gern. Mit Ausnahme von Blutorange. Und das hatten sie nicht an der Raststätte.
Ich fand es ein bisschen gemein, dass Papa für alle ein Eis kaufte. Aber andererseits hatte ich auch nichts dagegen. Überhaupt war ich froh, dass wir Brosi damit endlich wach kriegten.
Bis wir zu unserem Ferienhaus kamen, dauerte es leider immer noch lange. Wir kannten das Haus nur vom Foto. Und unterwegs sagte Mama: „Wenn es uns nicht gefällt, fahren wir sofort wieder heim."
Aber das hatte sie wohl nicht so gemeint und zum Glück gefiel uns das Haus dann

sehr gut. Es lag direkt am Meer, nur durch ein bisschen Sandstrand davon getrennt. Es hatte draußen eine große Terrasse und drinnen mehr Zimmer, als wir eigentlich brauchten. Ich durfte ganz oben unter dem Dach schlafen und hatte den schönsten Blick.
Brosi trug seine Sachen natürlich sofort in den Keller. Papa schüttelte den Kopf und Mama seufzte. Aber sie ließen ihn machen.
Als Brosi wieder nach oben kam, war er dann sehr zufrieden. Er sagte, er hätte ein gemütliches Plätzchen gefunden und gleich neben seinem Bett wäre ein Nest mit fünf niedlichen Ratten. Wir sollten sie unbedingt angucken kommen. Aber wir wollten nicht. Wir wollten lieber so schnell wie möglich ins Wasser.

5.

Ferien am Meer sind wirklich super! Vielleicht habt ihr ja auch schon mal welche erlebt. Bei uns in Italien schien immer die Sonne. Wir waren den ganzen Tag draußen und manchmal auch noch in der Nacht. Das Meer war wunderbar warm und der Sand war wunderbar weich.
Mama und Papa hatten immer gute Laune und wir Kinder zankten uns kein einziges Mal. Das kam daher, dass es uns allen so gut ging. Einer ließ den anderen machen, was er wollte. Und das klappte viel besser als zu Hause.
Mama kochte uns lauter tolle Gerichte und zwischendurch gingen wir essen. Sogar

Brosi fand meist etwas, das ihm schmeckte. Er hatte auf dem Markt tatsächlich einen Stand mit Blutwurst entdeckt. Spaghetti und Tomatensoße mochte er schon allein wegen der Farbe. Und in unserem Lieblingslokal bekam er das Fleisch auf seinen ausdrücklichen Wunsch von Anfang an ziemlich blutig serviert. Nur vor Knoblauch nahm er sich höllisch in Acht. Da passte er auf wie ein … na, eben wie ein Vampir!
Was Brosi bei Nacht tat, kann ich euch wirklich nicht sagen. Wir hatten einfach keine Lust uns darum zu kümmern. Papa meinte: „In den Ferien soll jeder von uns

seinen Spaß haben. Von mir aus kann sich der Junge nachts ruhig in eine Fledermaus verwandeln!“ Woran Vampire sonst noch ihren Spaß haben, schien Papa vergessen zu haben. Und Mama erst recht.
So gingen zwei Wochen vorbei. Als die dritte anbrach, waren wir alle ein bisschen traurig, weil wir nun bald wieder nach Hause mussten. Aber Papa wollte nicht, dass wir traurig waren. Deshalb hatte er am nächsten Tag eine Überraschung für uns: fünf Eintrittskarten für ein Konzert. Wir Kinder waren ganz aus dem Häuschen. Das Konzert fand draußen statt! In einem Schlossgarten! Es sollte spät am Abend beginnen und etwa bis Mitternacht dauern! Das war natürlich das Beste. Nina, Tina und ich fielen Papa um den Hals. Brosi studierte die Karten. Eine

nach der anderen. Obwohl natürlich auf allen dasselbe stand. Dann legte er sie der Reihe nach auf den Tisch.

„Oooh!“, sagte er und das hörte sich an wie ein Seufzer. „Ich glaube, es ist ein Konzert mit Gesang.“
Papa nickte und lachte. „Cello, Klavier und Gesang! Hast du gesehen, wer singt?“
„Ja“, sagte Brosi, „Filomena Popobello.“
Mir lief es eiskalt über den Rücken.
„Wie schön!“, rief Mama. „Dann geht es ihr wieder gut.“

„Klar“, sagt Papa, „sonst könnte sie schließlich nicht singen.“
Er blickte so fröhlich von einem zum anderen, dass ich mich entschloss genauso fröhlich zu sein. Warum auch nicht? Filomena Popobello war wieder gesund. Sie hatte sich schnell erholt. Wir würden sie morgen singen hören. Und alles, was hinter uns lag, war vielleicht nur ein dummer Verdacht.
Der Rest des Tages verging sorglos und voller Vorfreude auf den nächsten. Wie immer schlief ich schnell ein. Doch ich schlief diesmal leider nicht durch. Ich erwachte von einem Geräusch. Es hörte sich an wie Gesang.
Zuerst dachte ich, ich hätte von Filomena Popobello geträumt. Aber dann merkte ich, dass der Gesang Wirklichkeit war und dass da keine Frau sang, sondern ein

Kind. Nämlich Brosi in seinem Keller!
Ich legte mich schnell auf die andere Seite. Aber es gelang mir nicht wieder einzuschlafen. Das Lied machte mich neugierig, obwohl ich den Text nicht verstehen konnte. Nach einer Weile stand ich auf, nahm meine Taschenlampe und schlich die Treppe hinunter. Im Keller war es stockdunkel. Die Tür, hinter der Brosi schlief, war allerdings nur angelehnt. Und durch den Spalt fiel ein flackernder Lichtschein.
Ehrlich, ich wollte nicht lauschen! Aber ich wollte Brosi auch nicht stören. Einen Augenblick zögerte ich. Dann knipste ich die Taschenlampe aus und spähte vorsichtig um die Ecke.
Brosi saß im Schein mehrerer Kerzen auf seiner Matratze. Fünf kleine Ratten turnten auf ihm herum und kitzelten ihn

mit ihren Schwänzen. Doch das machte ihm anscheinend nichts aus. Er lehnte den Kopf an die Wand, blickte zur Decke und sang. Was – das werde ich nie mehr vergessen. Mein ganzes Leben lang nicht!

Brosi sang dieses Lied:
„Filomena Popobello
singt heut Nacht ein Lied zum Cello,
singt ein Lied auch zum Klavier.
Dabei ist sie längst Vampir.
Als sie lag in ihren Kissen,
hab ich zärtlich sie gebissen.
Sie verlor zwei Liter Blut,
doch jetzt geht's ihr wieder gut.
Meine Freundin Filomenchen
hat zwei nadelspitze Zähnchen.
Alle zwei entzücken mich.
Jetzt ist sie Vampir wie ich."

Brosi schwieg und streichelte die Ratten, die sich inzwischen alle in seinem Schoß versammelt hatten. Er lächelte und sah sehr zufrieden aus. Er sang nicht mehr, er summte nur noch.
Ich stand da und rührte mich nicht. Dabei lief mir ein Schauder nach dem anderen über den Rücken. Damit meine Zähne nicht klapperten, biss ich sie fest aufeinander. Ich wollte nicht, dass Brosi mich hörte. Ich wollte nicht mit ihm reden. Er war mein Freund und mein Bruder. Aber in diesem Augenblick war er mir fremd.
Nach einer Weile drehte ich mich um und tappte im Dunkeln leise in mein Zimmer zurück.

6.

Vielleicht glaubt ihr jetzt, dass mir der Appetit auf das Konzert gründlich vergangen war. Für den Rest der Nacht glaubte ich es tatsächlich selbst. Aber morgens merkte ich dann, dass ich immer noch hin wollte. Ich freute mich zwar nicht so wie vorher, aber dafür war ich wahnsinnig neugierig. Echt so gespannt wie ein Flitzebogen!

Mama und Papa erzählte ich nichts von allem. Wer weiß, was sie vor lauter Schreck gemacht hätten! Vielleicht hätten sie unsere schönen Ferien einfach beendet. Und ganz bestimmt wären sie mit uns nicht zu dem Konzert gegangen. Ich behielt die Sache also den ganzen Morgen für mich. Erst mittags sprach ich mit Nina und Tina. Wir paddelten gerade

auf der Luftmatratze im Meer. Brosi lag mit einem Gruselbuch irgendwo im Schatten hinter dem Haus. Papa machte einen Strandspaziergang und Mama war in der Küche.
„Heute Abend …“, fing ich an. „Also, bei diesem Konzert … Ich meine, wenn Filomena Popobello singt …“ Danach hörte ich gleich wieder auf.
„Na?“, fragten Nina und Tina gleichzeitig und ich fühlte, wie sie mich anguckten. Ich stieß einen Seufzer aus. „Hoffentlich geht bloß alles gut!“
Sie guckten mich immer noch an.
„Filomena Popobello“, sagte ich, „ist nicht mehr das, was sie früher mal war.“
„Kann sie vielleicht nicht mehr singen?“, fragte Nina.
„Hat sie etwa ihre Stimme verloren?“, fragte Tina.

Ich zuckte die Achseln. „Keine Ahnung!
Aber sie ist jetzt …"
Nina und Tina lachten. Dann ergänzten
sie: „… auch ein Vampir!"
Ich muss sagen, ich war ziemlich erstaunt.
„Was?", rief ich. „Das wisst ihr schon?"
„Klar!", sagte Nina.
„Und ob!", sagte Tina. „Das hat uns Brosi
schon letzte Woche erzählt."

„Hat er Filomena Popobello getroffen?“, fragte ich. „Hat er sich noch mal … Warum habt ihr denn nicht mit mir darüber geredet?“
„Brosi wollte es nicht“, sagte Tina. „Er dachte, es würde dich aufregen.“
„Das dachten wir auch“, sagte Tina. „Und wir wussten nicht, was du dann machen würdest.“
Sie taten wahrhaftig, als wäre ich schon so alt wie Mama und Papa! Ich war deswegen echt sauer. Also schubste ich sie einfach ins Wasser. Als sie wieder auftauchten, bettelten sie: „Sei nicht mehr

böse, liebe Hanna!“ Und obendrein versprachen sie mir tatsächlich ein Eis. Ich ließ sie noch ein bisschen zappeln, aber dann sagte ich, wir könnten uns wieder vertragen. Anschließend gingen wir zu Brosi und erzählten ihm, dass ich Bescheid wusste. Ich war froh, als nichts mehr zwischen uns stand.

Ich weiß, ihr seid jetzt sehr gespannt auf das Konzert. Also, das waren wir auch! Aber wir mussten noch den ganzen langen Nachmittag warten. Für euch überspringe ich ihn. Ich erzähle euch jetzt, wie wir aufbrachen, wie wir am Meer

entlang- und dann eine ansteigende Straße hinauffuhren, wie wir den Schlossgarten erreichten und schließlich mit einem Strom anderer Leute hineingingen.
Es war ein herrlicher Abend. Die warme Luft bewegte sich kaum. Der Himmel war noch nicht ganz dunkel, aber der Mond stand schon groß und vollkommen rund über den Hügeln.
In dem Garten war eine Bombenstimmung. Man musste nicht still sein wie in einem Konzertsaal. Man durfte reden und lachen und sogar rumlaufen. Und am Rand gab es Buden, in denen man allerhand kaufen konnte. Saft und Wein, Eis und ein paar Sachen zum Essen. Vorn war eine kleine Bühne. Darauf stand das Klavier. Und am Klavier lehnte das Cello.
Als wir uns setzen wollten, merkten wir,

dass wir fünf Karten in der neunten Reihe hatten und eine in der ersten. Papa wusste auch nicht, wie das passiert war. Brosi wollte unbedingt in die erste Reihe. Aber er durfte nicht. Mama und Papa wollten ihn lieber in Reichweite haben. Deshalb schickten sie mich nach vorn.
Ich hatte nichts dagegen. Mein Platz war nämlich super. Genau in der Mitte! Um mich herum saßen lauter Italiener. Die konnte ich zwar nicht verstehen, aber sie waren alle sehr nett und sehr lustig. Die Frau links neben mir schenkte mir gleich zwei Schokokekse.
Weil ich mit keinem reden konnte, summte ich so vor mich hin. Bis ich merkte, was ich da summte! Es war die Melodie von Brosis Lied: Filomena Popobello singt heut Nacht ein Lied zum Cello …
Ich hörte auf zu summen und drehte mich

um. Acht Reihen hinter mir saß Brosi und rührte sich nicht. Alle um ihn herum lachten und schwatzten. Nur er blickte still in den höher steigenden Vollmond.
Ich guckte wieder nach vorn. Denn jetzt kam sie! Filomena Popobello, begleitet von zwei Herren im Frack, einem alten und einem jungen. Aber irgendwie sah man nur sie. Sie trug ein langes, dunkelrotes Samtkleid, in der Mitte ganz eng und oben weit ausgeschnitten. Im Haar hatte sie einen silbernen Reifen und um den Hals ein helles Seidentuch. Sie war wunderschön und totenblass. In dem weißen Gesicht schimmerten ihre Augen wie Kohlen. Und ihre Lippen glühten wie Klatschmohn. Schon zur Begrüßung bekam sie viel Beifall. Ohne zu lächeln machte sie eine kleine Verbeugung.

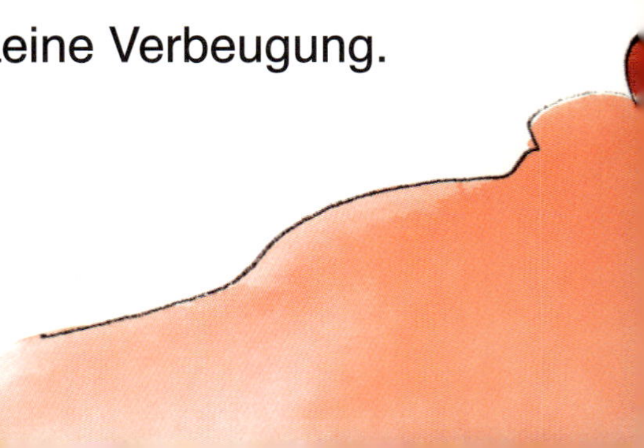

Sie wartete, bis sich ihre Begleiter gesetzt hatten. Dann hob sie den Kopf und nickte ihnen zu. Gleich darauf begann sie zu singen.
Sie sang mit einer klaren, kräftigen Stimme, leicht und mühelos. Und sie sang wirklich herrlich. Noch besser als im Fernsehen! Sie sang lauter italienische Sachen. Ich verstand kein einziges Wort. Aber das war mir egal. Ich lehnte mich auf meinem Stuhl zurück und hoffte, dass sie nie wieder aufhören würde. In diesem Moment hatte ich echt vergessen, was mit ihr los war!
Während sie sang, ließ Filomena Popobello ihre Blicke über das Publikum wandern, alle Reihen entlang, von hinten nach vorn. Ich glaube, beim fünften Lied war sie mit ihren Augen bei mir angelangt. Mir stockte der Atem. Denn ihre

Kohleaugen kamen plötzlich zur Ruhe. Sie blieben bei mir und hielten mich fest. Von da an sang Filomena Popobello nur noch für mich. Unter all den Leuten sah sie keinen anderen an. Manchmal nickte sie mir zu und einmal streckte sie sogar ihre Arme nach mir aus.

Vielleicht hätte ich einfach aufstehen und weggehen oder mich zwischen Mama und Papa in die neunte Reihe setzen sollen.

Aber irgendwie konnte ich nicht. Filomena Popobello hatte so was in ihren Augen, das mir alle Kraft raubte.
Als das Programm zu Ende war, gab sie noch mehrere Zugaben. Die letzte war „Guten Abend, gute Nacht“. Das sang sie auf Deutsch. Ihr dürft raten, für wen!

Früher hat Mama mir dieses Lied oft als Schlaflied gesungen. Aber Filomena Popobello sang es natürlich viel schöner. Als sie fertig war, bekam sie einen riesigen Strauß roter Rosen. Sie zog eine heraus und warf sie mir zu. Ich war so überrascht, dass ich sie fallen ließ. Da warf Filomena Popobello sofort noch eine Rose. Die hielt ich fest. Und die erste hob ich natürlich auf. Alle Leute klatschten wie wild, ich glaube, auch ein bisschen für mich.

Zum ersten Mal verzog Filomena Popobello ihre Lippen zu einem Lächeln. Und mir lief sofort ein Schauder über den Rücken. Viel stärker als der, den ich von Brosis Lächeln her kannte.
Als der Beifall endgültig vorbei und Filomena Popobello verschwunden war, spendierte Papa noch jedem von uns was zu trinken. Mitternacht war längst vorbei, aber er sagte, das wäre jetzt auch schon egal. Er fragte mich, wie es mir so nah an der Bühne gefallen hätte, und ich antwortete: „Oh danke, sehr gut!"
Mama sagte: „Du warst das einzige Kind in der ersten Reihe. Das hat sogar Filomena Popobello bemerkt."
Ich tat erstaunt und fragte: „Wieso?"
„Sie hat dich immerzu angeschaut", sagte Mama. „Und sie hat dir die zwei Rosen geschenkt. Ich glaube, du gefällst ihr."

Natürlich wusste Mama nicht, was sie da sagte. Ich zuckte die Achseln und trank meinen Saft. Dabei guckte ich niemanden an. Brosi schon gar nicht. Ich war in dem Augenblick wirklich echt durcheinander.
Wir fuhren dann langsam nach Hause.
Der Mond schien so hell, dass wir die Scheinwerfer eigentlich gar nicht gebraucht hätten.
Auf dem letzten Stück guckte Papa immer wieder in den Rückspiegel. Ich war zu müde, um mir darüber Gedanken zu machen. Aber Mama fragte: „Was ist los? Ist jemand hinter uns her?"
Papa zuckte die Achseln. „Ich weiß nicht. Da war was, das sah aus wie eine große Fledermaus." Er lachte vergnügt. „Aber das kann uns ja wohl egal sein. Ambrosius sitzt schließlich im Auto."
Jetzt lachten alle. Nur Brosi lachte nicht.

7.

Drinnen im Haus scheuchte Mama uns sofort ins Bett. Wir sagten also schnell Gute Nacht. Es kam mir so vor, als ob Brosi noch mit mir reden wollte. Doch ich hatte überhaupt keine Lust. Deshalb verschwand ich im Bad, und als ich wieder herauskam, war er zum Glück nicht mehr da.
Ich stieg in mein Zimmer hinauf und stellte die zwei Rosen ins Wasser. Dann machte ich das Fenster auf und ließ die frische Nachtluft herein. Der große runde Mond hatte eine silberne Brücke über das schwarze Meer gebaut. Ich wusste nicht, ob ich todmüde war oder hellwach. Aber irgendwann kroch ich ins Bett und machte die Augen zu.
Was dann geschah, kriege ich nicht mehr

so ganz auf die Reihe. Zuerst träumte ich wohl – vom Mond und vom Meer, von der Autofahrt und vom Konzert. Allerdings stand Filomena Popobello diesmal nicht auf der Bühne, sondern sie saß neben mir in der ersten Reihe. Sie hatte den Arm um meine Schultern gelegt und sang mir direkt ins Ohr.

„Guten Abend, gute Nacht …“, sang Filomena Popobello mit ihrer herrlichen Stimme. Zwischendurch piepste sie wie eine Fledermaus. Das überraschte mich seltsamerweise kein bisschen.

„Mit Rosen bedacht …“ Wieder das Piepsen! „… mit Näglein besteckt. Schlupf unter die Deck!“

Ich tastete mit beiden Händen auf meiner Bettdecke herum und hörte es singen und piepsen. „Morgen früh, wenn Gott will, wirst du wieder geweckt.“

Ich schlug die Augen auf und sah Filomena Popobello auf meiner Bettkante sitzen. Nicht im Traum, sondern in Wirklichkeit! Über ihrem roten Kleid trug sie jetzt einen Umhang aus schwarzem Samt, der in weiten Falten bis auf den Boden fiel. Sie beugte sich über mich, sah mich aus ihren Kohleaugen liebevoll an und verzog dabei ihre Lippen zu einem absolut scheußlichen Lächeln.
Es dauerte eine Weile, bis ich begriff. Der Traum ließ mich so schnell nicht los. Doch als sie sich noch tiefer beugte, als eine ihrer dunklen Haarsträhnen mein Gesicht berührte und ich dann dicht vor mir ihre langen Eckzähne sah, da wusste ich, was die Glocke geschlagen hatte. Ich wollte schreien, doch der Schrei kam nicht aus meiner Kehle heraus.
Filomena Popobello packte mich an

beiden Schultern und drückte mich in mein Kopfkissen. Ihre Hände waren wie Klauen und hatten eine unglaubliche Kraft. Sie lächelte immer noch. Ich drehte entsetzt den Kopf weg. Das hätte ich lieber nicht tun sollen, denn sofort spürte ich ihren Atem an meinem Hals. Dazu piepste sie wie eine Fledermaus. Es hörte sich grauenhaft an. Ich hätte mir am liebsten die Ohren zugehalten. Aber ich

konnte mich nicht bewegen. Sie hielt mich wie in einem Schraubstock.
„Carissimo tesoro“, flüsterte sie. Und obwohl ich kein Italienisch verstand, wusste ich komischerweise, was das hieß. Es hieß „liebster Schatz“ und ich wollte auf keinen Fall so genannt werden. Am wenigsten von Filomena Popobello!
Ihre Augen kamen noch näher. Ihre Lippen auch. Und ihre Zähne! Ich bewegte meinen Kopf hin und her. Schneller und schneller. Mir wurde ganz schwindlig davon.
Doch gleichzeitig zog ich meine Beine unter der Bettdecke nach oben. Als ich meine Knie fast am Kinn hatte, stieß ich die Füße nach vorn und trat Filomena Popobello mit aller Kraft gegen die Brust. Sie fuhr erschrocken zurück und ließ mich los. Da konnte ich endlich schreien. Ich

schrie so laut, wie ich konnte. Aber schon stopfte mir meine Feindin mit ihrem Halstuch den Mund. Und wieder hielt sie mich fest. Wieder näherte sie sich mir mit Augen und Lippen und Zähnen.
Aber mein Schrei fand plötzlich ein Echo. In der Nacht! Vor dem Haus! An meinem Fenster! So gut es ging, drehte ich den Kopf. Ich sah, dass nun beide Fensterflügel geschlossen waren. Doch draußen bewegte sich etwas. Flog auf und nieder. Flatterte unruhig gegen die Scheiben.
Wieder hörte ich von draußen einen Schrei. Gleich darauf kam das Flattern zur Ruhe. Ein menschliches Gesicht drückte sich gegen das Glas. Schwarze Locken hingen wirr in die bleiche Stirn. Die Augen glühten. Und der verzerrte Mund stieß einen neuen Schrei aus.

Ich sah und begriff: Es war Brosi!
„Mach das Fenster auf!“, schrie er. „He, Filomena! Mach es sofort auf!“ Er trommelte mit beiden Fäusten gegen die Scheiben. „Und gib Hanna frei! Sonst geht es dir schlecht.“
Filomena Popobello blickte ebenfalls zum Fenster. Aber sie dachte nicht daran mich freizugeben. Sie schüttelte den Kopf und zischte wie eine Schlange. Dann beugte

sie sich nach vorn und suchte mit ihrem Mund meinen Hals. Ich schloss vor Entsetzen die Augen.
Doch in der nächsten Sekunde riss ich sie wieder auf. Mit einem Knall explodierte das Fenster. Zerbrochenes Glas klirrte ins Zimmer. In einem Hagel von Scherben stürzte Brosi herein. Sofort packte er Filomena Popobello an den Schultern und versuchte sie von mir wegzuziehen. Ich sah, dass er an einer Hand blutete.
„Lass Hanna los!“, keuchte er. „Lass sie sofort los!“
Filomena Popobello piepste vor Schreck, aber sie hielt mich so fest wie noch nie. Ihre spitzen Fingernägel bohrten sich in meine Arme. Sie riss den Mund auf und ich sah ihre Eckzähne, spitz und lang bis zum Gaumen. Mir war klar, im nächsten Moment würde sie zubeißen.

Brosi war das anscheinend auch klar. Er griff ihr mit einer Hand in die Haare und riss ihren Kopf nach hinten. Eine Weile hielt er sie so. Dabei sah er sich suchend um und erblickte die Rosen auf meinem Nachttisch. Blitzschnell fasste er zu.
Im nächsten Moment ließ er meine Feindin los! Ich war zu Tode erschrocken. Noch ahnte ich ja nicht, was er vorhatte. Und dass er dazu beide Hände brauchte! Trotzdem gab ich keinen Mucks von mir. Ich spürte seine Angst und Verzweiflung. Und plötzlich wusste ich, was er tun würde! Ich glaube, Filomena Popobello wusste es auch.
Brosi holte tief Luft und biss die Zähne zusammen. Dann legte er die eine Rose quer über die andere. Dabei stöhnte er laut.

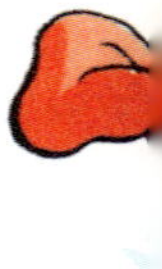

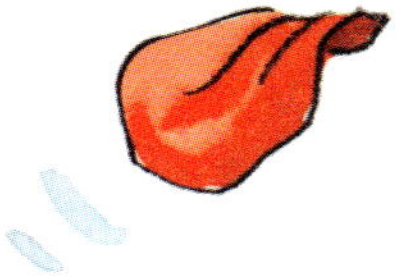

Brosi hatte ein Kreuz in der Hand! Er hob es hoch und hielt es Filomena Popobello direkt vor die Augen.

Sie zischte wieder.

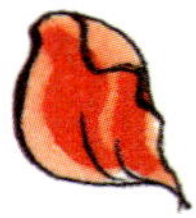

Aber gleichzeitig ließ sie mich los. Sie stand langsam auf und wich zögernd zurück – durch das ganze Zimmer bis an die Wand. Brosi folgte ihr, den Arm ausgestreckt, das Rosenkreuz fest in der Hand. Da stürzte sie mit einem grässlichen Piepsen an ihm vorbei, breitete die Arme aus und flog, immer noch piepsend, zum Fenster hinaus.

Wir rührten uns nicht, Brosi und ich. Und wir sagten kein einziges Wort. Es gab eine Menge zu reden. Aber wir wussten beide nicht, wie wir anfangen sollten.

Stumm stellte Brosi die zwei Rosen, Stängel an Stängel, wieder ins Wasser. Dann betrachtete er seine Hände. An der einen war das Blut eben getrocknet. An der anderen hatte er scheußliche Blasen.
Jetzt gab ich mir einen Ruck. „Vielen Dank“, murmelte ich, „du hast mir das Leben gerettet.“
Er zuckte die Achseln. „Musste ich doch! Es war alles meine Schuld. Hätte ich Filomena nicht … Du weißt schon! Dann wäre sie auch kein Vampir geworden.“
Ich nickte. „Um ein Haar wäre ich jetzt auch einer geworden.“

Er sah mich unglücklich an. Seine Augen bettelten um Verzeihung. „So weit hab ich nicht gedacht“, sagte er kleinlaut. „Und gewollt hab ich’s auch nicht.“
„Ich weiß“, sagte ich zögernd. „Aber vielleicht hätte es dir trotzdem gefallen.“

Er runzelte nachdenklich die Stirn. Das gefiel mir irgendwie nicht. Deshalb fragte ich schnell: „Hast du gewusst, dass Filomena Popobello bei mir auftauchen würde?“
„Klar“, sagte er, „sie war ja den ganzen Weg hinter uns und ist dann dauernd ums Haus gestrichen. Ich habe sie nur einen Moment aus den Augen verloren, da ist sie hier reingeschlüpft und hat mich ausgesperrt. Als ich dich schreien hörte, war es schon fast zu spät.“
„Aber nur fast!“, sagte ich und nahm Brosis Hände in meine. Ich pustete auf alle beide. „Tut es noch weh?“, fragte ich.
Er schüttelte tapfer den Kopf. Aber ich sah, dass er log.
Ich guckte ihn mitleidig an. „Die Hand hier sieht ziemlich schlimm aus. Ungefähr so wie verbrannt.“

Er nickte. „Das waren die Rosen."
„Das war das Kreuz!", sagte ich leise. „Mit dem hast du Filomena Popobello besiegt."
Brosi gab keine Antwort. Er stand auf und trat ans Fenster. Ich schlüpfte in meine Pantoffeln und stellte mich neben ihn. Der Mond war blass geworden und das schwarze Meer färbte sich grau.
„Es wird schon hell", stellte Brosi fest und

gähnte. „Komm, lass uns schlafen gehen!"
Ich gähnte ebenfalls. Und ich nickte.
Gleichzeitig musste ich lachen. Brosi sah mich erstaunt an. Da erklärte ich ihm: „Es ist das erste Mal, dass ich um dieselbe Zeit schlafen gehe wie du."
„Stimmt!", sagte er eifrig. „Du wirst sehen, man schläft sehr gut, wenn man sich um diese Zeit hinlegt!"
Das glaubte ich ihm aufs Wort.
Als Brosi gegangen war, guckte ich noch mal aus dem Fenster. Ein erster goldener Schimmer flog über das Meer. Ich kroch todmüde ins Bett und zog mir die Decke über den Kopf. In diesem Moment fühlte ich mich beinahe wie ein Vampir. Aber zum Glück nur beinahe!

Das alles ist jetzt fast eine Woche her.
Seit drei Tagen sind wir wieder zu Hause.

Nina, Tina, Brosi und ich genießen den Rest unserer Ferien. Wir sprechen noch oft von Italien. Auch von dem, was Brosi und ich mit Filomena Popobello erlebt haben. Nina und Tina tut es sehr Leid, dass sie nicht dabei waren. Deshalb lassen sie sich alles immer wieder haarklein von uns erzählen.
Brosi hat mir versprochen, dass er jetzt nachts nicht mehr weggeht. Er hat gesagt, wenn die Schule anfängt und er morgens früh aufstehen muss, braucht er sowieso seinen Nachtschlaf. Er sah sehr unschuldig aus, als er das sagte. Und ich habe mich auch bemüht, ihm zu glauben. Aber wenn ich ganz ehrlich bin … Also, einen Gedanken werde ich einfach nicht los: Bis die Schule anfängt, dauert es noch mehr als zwei Wochen. Das ist eine lange Zeit für Vampire.

Noch mehr Abenteuer mit dem kleinen Vampir ...

Ein Vampir im Haus

Hanna und ihre Familie finden im Wald ein einsames Kind. Keiner ahnt, dass es sich um einen Vampir handelt. Doch bald geht allen ein Licht auf.

92 Seiten mit vielen
farbigen Abbildungen
ISBN 3-473-34099-5
ab 8 J.

Ein Vampir im Klassenzimmer

Brosi, der kleine Vampir, ist von seiner neuen Lehrerin ganz begeistert. Besonders ihren Hals mag er sehr. Das macht seiner Schwester Hanna aber große Sorgen.

92 Seiten mit vielen
farbigen Abbildungen
ISBN 3-473-34134-7
ab 8 J.